मुलाकात कभी नही होगी

ममतांश अजीत

XpressPublishing
An imprint of Notion Press

XpressPublishing
An imprint of Notion Press

Old No. 38, New No. 6
McNichols Road, Chetpet
Chennai - 600 031

First Published by Notion Press 2019
Copyright © Mamtansh Ajit 2019
All Rights Reserved.

ISBN 978-1-64783-070-0

This book has been published with all efforts taken to make the material error-free after the consent of the author. However, the author and the publisher do not assume and hereby disclaim any liability to any party for any loss, damage, or disruption caused by errors or omissions, whether such errors or omissions result from negligence, accident, or any other cause.

While every effort has been made to avoid any mistake or omission, this publication is being sold on the condition and understanding that neither the author nor the publishers or printers would be liable in any manner to any person by reason of any mistake or omission in this publication or for any action taken or omitted to be taken or advice rendered or accepted on the basis of this work. For any defect in printing or binding the publishers will be liable only to replace the defective copy by another copy of this work then available.

यह पुस्तक ममतांश को समर्पित हैं जिनके कारण अजीत का वजूद हैं इनके बिना मैं कुछ भी नही हूँ ।

"जितना भी हूँ ममतांश हूँ,मैं सिवा इनके कुछ भी नही ।"

क्रम-सूची

प्रस्तावना vii

1. कभी मुलाकात नही होगी 1
2. प्यार की परिभाषा 3
3. मुस्कुराने की चाह 5
4. हीरो 7
5. एक सिक्के के दो पहलू 9
6. नूतन सोच 11
7. आई लव यू 13
8. सरकण्डा 15
9. जिम्मेदारी 17
10. दिल इबादत 18
11. बदलाव की लहर 20
12. इतवार की शाम 22
13. छलकते नैन भी खूबसूरत होते हैं। 24
14. जीवन यापन 26
15. आँखो से बह जाना 27
16. एक पन्ना खुशी का 28
17. तलाश 29
18. दूरियों मे भी नजदीकियाँ 31
19. बचपना 33
20. मौसम 34
21. गायक 36

• v •

क्रम-सूची

22. मात पिता से बढ़कर कोई नही	38
23. गोधूलि की बेला	40
24. अलगाव	42
25. किरायेदार	43
26. रेल यात्रा	44
27. मन का मैला	46

प्रस्तावना

भाव सभी के मन मे जागृत होते हैं कुछ लिख देते हैं कुछ अपने मन मे रख लेते हैं मैं अपने भावो को कागज पर उकेरित कर देता हूँ इन भावो को कागज पर उतार कर आराम सा मिल जाता हैं और किसी सजीव से बोलने की आवश्यकता ही नही पड़ती ।

यह मेरी दूसरी किताब हैं पहली किताब का शीर्षक "जज्बाती इश्क" हैं जिन्होने नही पढ़ी ,अवश्य ही पढियेगा ।

मैं अधपका सा कलमकार हूँ ज्यादा बेहतरीन लिखने की कोशिश नही करता दिल मे आता हैं तो बस लिख देता हूँ मैंने कभी कहानियाँ नही लिखी ये मेरा पहला प्रयास हैं त्रुटियाँ होना स्वाभाविक हैं । मैं हमेशा कविताऐं और शेरो शायरी ही करता हूँ जिस तरह आपने मुझे कविताओ मे प्यार बख्शा,आशा करता हूँ कहानियों मे भी ये प्यार बरकरार रखोगे ।

उन सभी का आभार जिन्होने मुझे लिखने के लिए प्रेरित किया ।

सबसे ज्यादा धन्यवाद अपने माता पिता का ।

बड़े भाई अशोक, छोटे भाई कमल और अंकुर, मेरी दोस्त ज्यादा और बहन कम निशा,मेरी छोटी जीजी प्रेरणा,भाई पीयूष और विरेन्द्र और भूल से जो भी रह गया उनका बहुत बहुत शुक्रिया ।

आप लोगो ही बदौलत ही अपनी लेखनी को शब्द दे पाया हूँ ।

    मुझ तक इस तरह पहुँचे ।

WhatsApp-9783981351
Instagram-mamtansh_ajit
Email-ajitchoredia91@gmail.com
Facebook-Mamtansh Ajit

    पहली किताब का पता

http:/notionpress.com/read/jazbaatee-ishq

1
कभी मुलाकात नही होगी

बात 2013 की हैं।

वो अपनी पीजी पूरी करने के लिए घर से दूर गाँव आया था,उसने एक फोन लिया था जोकि कीपैड वाला था,चाव चाव मे उसने एक लड़की को दोस्ती की रिक्वेस्ट भेज दी फेसबुक पर । उस लड़की ने रिक्वेस्ट स्वीकार भी कर ली ।

लड़का थोड़ा अधीर मन का था तो दो तीन लगातार भेज दिए पर वहाँ से कोई रिप्लाई नही आया । लड़के को गुस्सा आया और उसने बेकाबू होकर ये कह दिया कि तुम तो फेक आईडी हो इसीलिए ही रिप्लाई नही कर रही । ये बोलकर उसने कुछ दिन तक फेसबुक नही चलाई ।

एक दो दिन के बाद उस लड़की का फोन आता हैं शाम के वक्त जब वो लड़का चाय की चुस्कियो के साथ उस लड़की के बारे मे ही सोच रहा था। उसने फोन उठाते ही ये कहा "तुम्हे लगा कि मैं फेक हूँ इसलिए तुम्हारे मैसेज का जवाब नही दे रही लेकिन मैं फेक नही हूँ और 40 सैकण्ड की ये पहली बातचीत खत्म हो गई ।

इस तरह बातो का सिलसिला शुरु हुआ ,वो दोनो अमूमन मैसेज ही करते थे ,लड़के ने तो खुद की फोटो लगा रखी थी जबकि लड़की नही ।

करीब ढ़ाई साल बीत गये थे बात करते हुए ,उस टाईम उन दोनो के पास

मल्टीमीडिया फोन नही था सो उन दोनो ने एक दूसरे को देखा नही था । लगभग ढ़ाई साल दोनो फोन ले आये थे और ढ़ाई साल बाद ही लड़के ने लड़की को देखा था । फिर लगभग तीन महीने तक उस लड़की ने उस लड़के से बात नही की ।

एक दिन यकायक उस लड़की का मैसेज आता हैं कि मेरी सगाई हो गई हैं अब तुमसे कम बाते होंगी और ये कम बातो का सिलसिला एक साल तक चलता रहा ।

लड़का और लड़की ने बहुत कम बाते की फोन पर दो तीन मिनट से ज्यादा नही ,उस लड़की को ज्यादा बोते पसंद नही थी ,वो कहती थी कि मैं बोर हो रही हूँ फोन रख दो ।

लड़की को लड़के की हँसी प्यारी लगती थी और लड़के को उसका बोलने का शेखावटी अंदाज । लड़की को लड़के का कपड़े पहनने का अंदाज नही भाता था ,न ही उसका हेयर स्टाईल ।

शादी के तीन दिन पहले उसने दूर करते हुए ये कहा कि "सुनो ! तुम्हे जो भी लड़की मिलेगी और वो दुनिया की सबसे खुशनसीब लड़की होगी ,मैं तुम्हारे लायक नही हूँ ।"

और बातो की टूटती कश्ती एक जगह ठहर गई ।

    लगभग चार साल वो एक दूसरे के साथ रहे,बिना किसी साथ के भी ना कभी मुलाकात हुई और ना कभी होगी ।

आज भी वो लड़की उसे फॉलो करती हैं और लड़के के पास आज भी उसके नम्बर हैं पर वो बात नही करता । उस लड़की का मैसेज आ जाता हैं साल बारह महीनो मे ,सिर्फ एक दो बाते करके ,ब्लॉक मार देती हैं मैसेन्जर पर

उसकी प्रोफाइल पर एक बच्चे की फोटो लगी हैं शायद उसका ही बच्चा होगा ।

2

प्यार की परिभाषा

रात के दो बजे जानवी का फोन बजता हैं मैसेज आया था किसी का ।
जानवी कोई वेब शो देख रही थी इसलिए वो जग ही रही थी ।
ये किसी और कोई नही मोहित था ,मोहित उसी की कॉलेज पढ़ता था ,दोनो मे पहला पहला प्यार हुआ था जिसे अब एक साल हो चुका था ।
मैसेज मे लिखा था "तुम सोई नही अभी तक?"
"सोई हुई होती तो तुम्हारे मैसेज का जवाब कैसे देती "
उसने हँसी वाली इमोजी के साथ ये लिखकर मोहित को भेज दिया ।
मोहित ने थोड़ी देर बाद जवाब दिया ,उसने उससे पूछा "प्यार क्या हैं ?"
"रात के दो बजे इस बात के लिए तुमने मैसेज किया हैं ।"
"नही तो''
"तो फिर ?"
"अरे यार बताओ न !
मोहित ने थोड़ा जोर देकर कहा ।
"हम दोनो के बीच जो हैं वो ही प्यार हैं ।"
जानवी ने ये जवाब दिया ।
"अगर मैं कहूँ कि मैं तुमसे प्यार नही करता,तो तुम प्यार करना छोड़ दोगी मुझसे ।"
"नही"
और ये आज तुम कैसी बहकी बहकी बाते कर रहे हो ,जानवी की आवाज

मे थोड़ी नमी और तल्खी थी ।"
रात के तीन बज चुके थे जानवी की आँख पता नही कब लग गई थी ।
   "प्यार किसी की आँखो मे खुद को देखना "
अपने से ज्यादा उसकी परवाह ,
अपने आप को खाली करके उसमे दूसरे को भर देना ।
प्यार मे आस पास होना जरूरी नही,बस प्यार का पास जरूरी होता हैं ।"
ये मत सोचना कि मैं तुम्हे छोड़कर जा रहा हूँ,ये सोचना कि प्यार हमेशा रहेगा ,हम दोनो के बीच नही तो किसी और के बीच,तुम्हारे और किसी और के बीच ।

   ये मैसेज छोड़कर मोहित ने अपना फोन बंद कर लिया था । सुबह जानवी ने मैसेज देखा ,कुछ देर आँखे भिगोने के बाद वो चल दी कॉलेज की और ।
मोहित कही नही था ,वो जा चुका था कॉलेज और उसकी दुनिया से दूर । कुछ होगा जो मोहित नही बता पाया होगा कि क्या कारण हैं कि वो जा रहा है या हो सकता हैं कि वो नफरत नही करवाना चाहता होगा "प्यार " से ।

Top of Form

Bottom of Form

3
मुस्कुराने की चाह

"मम्मी मेरा टिफिन कहाँ हैं?"
सात साल की निकिता ने स्कूल का बस्ता जमाते हुए पूनम से पूछा ।
पूनम को भी स्कूल जाने मे देर हो रही थी दोनो एक ही स्कूल मे जाती थी ,एक पढ़ने और दूसरी पढ़ाने ।
पूनम की इकलौती बेटी थी निकिता,उसके पति का देहान्त हो चुका था किसी दुर्घटना मे दस महिने पहले ।
जब तक उसका पति था तब तक उसे कोई परेशानी नही थी ,बस उसे घर को ही सँभालना होता था पर पति के जाने के बाद उसकी जिन्दगी दौड़ भाग मे ही कट रही थी । पूनम सिंगल मदर पैरेन्ट थी तो उसे बहुत सी परेशानियों का सामना करना पड़ता था ।
इस तरह से उसकी दुनिया चल रही थी पर उसे सहारे की तलाश थी जो उसे संबल दे,अकेलेपन मे अपने होने का अहसास दे ।
स्कूल मे एक शिक्षक उसे पसंद करता था और शायद पूनम भी उसे चाहती थी पर जमाने और समाज की परवाह मे उन्होने खुद को रोक रखा था और ये इतना आसान भी नही था क्योंकि अकेली लड़की और विधवा औरत और उसकी एक बच्ची होना फर्क होता हैं ये समाज का मानना था ।
कुछ दिनो की उधेड़बुन के बाद उस शिक्षक ने अपने दिल की बात आखिर कह ही दी पर पूनम से उस वक्त हाँ नही कहा गया ,उसने समय माँगा ।

घर आकर उसने सबके बारे मे सोचा,समाज ,घर परिवार और विशेषत: अपनी बच्ची के बारे मे और अगले दिन जाकर उसने हाँ कर दी ।
एक बार जिन्दगी उजड़ने के बाद उसे फिर से सँवारा जा सकता हैं बशर्ते मुस्कुराने की चाह हो ।

4

हीरो

सुरभि का लगभग सात महिने के बाद घर आना हुआ,हुआ यूँ कि उसके पापा को हार्ट अटैक आ गया था ,हालत कुछ गंभीर थी ।
सुरभि 18 साल की लड़की ,जिसने बारहवी पास किया था ,घर मे तीन भाई बहनो मे सबसे बड़ी ।

दो साल पहले पिताजी को चपरासी की पोस्ट से सेवानिवृत्ति मिली थी तो घर की आर्थिक स्थिति ठीक नही थी उसे उभारने के लिए उसे नौकरी करनी पड़ी । उसके पापा को पेंशन के तौर पर कम पैसे मिलते थे और इन पैसो से घर को सँभालना बेहद मुश्किल था इस वजह से उसे कम आयु मे ही बाहर जाकर परिवार के लिए कमाना पड़ा । सुरभि पढ़ाई मे काफी होशियार थी वो डाक्टर बनना चाहती थी पर समय से पहले आई समझदारी ने उसे एक दवाई कंपनी मे सहायक कर्मचारी के रूप मे कार्य करना पड़ा ।

जहाँ वो नौकरी करती थी वहाँ से उसका घर आठ घण्टे की दूरी पर था वो घर नही आ सकती तो उसने अपनी सहेली के साथ कमरा किराये पर ले रखा था और वो जितना भी पैसा बच जाता था उसे अपने माता पिता को भेज देती थी ।
खैर वो घर पहुँच चुकी थी ,पापा की हालत ज्यादा गंभीर थी उसके पास इतने पैसे नही थे कि वो किसी अच्छे चिकित्सक या अस्पताल मे अपने पापा को दिखा सके पर उसने हिम्मत नही हारी उसने पुरजोर कोशिश

की,जितने भी अपने थे उनसे बात की पर सबने हाथ खड़े कर दिए । अन्तत: वो हुआ जो किसी को भी तोड़ सकता था उसकी आँखो के सामने उसके पापा मृत्यु शैय्या पर पड़े थे । सारी तरफ रोने की आवाजे और वो भी रो पड़ी,कुछ देर रोने के बाद उसने अपने आप को समझाया कि वो टूट गई तो घर वालो का क्या होगा ,तकलीफ तो उसे भी थी पर उसने चेहरे से ना दिखाना ही बेहतर समझा ।

हीरो हमेशा लड़के नही होते बल्कि लड़कियाँ भी होती हैं और वो कुछ दिन घर मे रहने के बाद वापिस नौकरी पर आ गई ,उसे जीना था अपने लिए भी और परिवार के लिए भी ।

5
एक सिक्के के दो पहलू

मानस और अनाहिता की एकलौती संतान थी जिसका नाम आयुष था,आयुष दस वर्षीय छात्र,पढ़ने मे तेज और खेलकूद मे भी आगे था परन्तु कुछ दिनो से वो गलत संगत मे पड़ गया था ।गलत संगत का मतलब ऐसे बच्चो के साथ रहने लगा था जो पढ़ाई कम करते थे और खेलकूद ज्यादा ,बाजारो मे घूमते थे,बेफिजूल हँसी मजाक मे अपना समय व्यतीत करते थे । ये सब बाते मानस और अनाहिता को गलत संगत की परिभाषा देती थी । इस वजह से उन्होने आयुष को घर से दूर बोर्डिंग स्कूल भेजने का निर्णय ले लिया था ।

आज आयुष का आवासीय विद्यालय जाने का दिन था वो सुबह से परेशान था, उसका जरा भी मन नही था घर को छोड़कर जाने का और वो सोया भी नही था पूरी रात इसी चिन्ता मे कि उसे सुबह होते ही जाना पड़ेगा । बहरहाल सुबह नौ बजे ही स्कूल की बस उसे लेने आ गई और अन्तत: वो पहुँच गया ।

आयुष के जाने के बाद उसके मम्मी पापा का भी मन नही लग रहा था उसके बिना घर का हर कोना खाने को दौड़ता था चारो तरफ उसकी शैतानियाँ की यादे बिखरी पड़ी थी पर धीरे धीरे दोनो अभ्यस्त हो गये थे उसके खालीपन को नजरअंदाज करने मे ।

स्कूलिंग पूरी होने के बाद आज आयुष काफी अरसे के बाद घर लौट रहा था लगभग आठ नौ साल हो गए थे ।इस दौरान घर तो आता था पर एक दो दिन या दीपावली या गर्मियों की छुट्टियो मे । उसके माता पिता उसको मिलने के लिए बेहद उत्सुक थे पर आयुष घर पहुँचते ही थोड़ी देर वहाँ रुका और निकल पड़ा दोस्तो से मिलने जिनसे वो बहुत दिनो के बाद मिल रहा था । बोर्डिंग के तौर तरीको ने उसे रोबोट बना दिया था आज वो बचपन दोबारा जी लेना चाहता था ,उसे फिर से आयुष बनने का मौका मिला था । इस बर्ताव से उसके माता पिता थोड़ा चकित थे ।

मानस और अनाहिता अपनी जगह सही थे पर आयुष भी गलत नही था ।

6

नूतन सोच

सुनो !
हाँ !
कहाँ जा रहे हो यूँ मुझे तन्हा छोड़कर ।
सोनम ने गर्दन नीची करते हुए आँखो मे नमी के साथ मानव से कहा ।
करीब ७ साल की वैवाहिक जिन्दगी मे पहली बार दोनो मे मनमुटाव आया था ।
मनमुटाव भी इसलिए क्योकि सोनम अपने सास ससुर को छोड़कर दूसरे शहर नही जाना चाहती थी जबकि मानव उसे ले जाने पर तुला हुआ था ।
एक दूसरे के इश्क मे माँ बाप का प्यार नागवार गुजर रहा था मानव को ।
जैसे ही मानव ने दरवाजे की और कदम बढ़ाये सोनम ने उसी वक्त मानव को अपनी बाँहो मे भर लिया और सुबकते हुए उसके कानो मे ये कहा -
"प्यार को प्यार रहने दो इसमे बन्दिशे मत लगाओ,
मैं चाहे कितनी भी दूर रहूँ हमेशा साथ रहूँगी और वैसे भी प्यार मे साथ जरूरी हैं पास होना आवश्यक नही हैं और मात पिता हमारे पूजनीय हैं और उन्होने तुम्हे इस काबिल बनाया है कि तुम नौकरी कर सको ।
अब बुढ़ापे मे उनकी सेवा भी तो मेरा काम हैं और सेवा भी तो एक तरह

की मोहब्बत ही तो हैं ।
इसलिए तुम्हारा अकेले जाना ही उचित रहेगा ।"
मानव सोनम की आँखो मे आये आसूँ पोंछते हुए एक हल्की मुस्कान के साथ अकेला ही दरवाजे के बाहर निकल गया ।

7

आई लव यू

"कब आ रहे हो ?"
उसने फोन रखते हुए सीमा ने धीरे से बोला ।
पर उसने सुन लिया तो जवाब मे उसने कहा -"दीपावली पर"
फोन अब कट चुका था
सीमा की रुलाई इस बात पर फूट पड़ी कि जाने कब उनसे बात होगी ये फोन भी दो महिने बाद आया था क्योंकि जिस जगह वैभव की ड्यूटी लगी हैं वहाँ नेटवर्क की समस्या रहती हैं ।
पर उसे इस बात की तसल्ली थी कि अब जल्द ही उनसे मुलाकात होगी ।
शादी के तीन रोज बाद ही वैभव की फौज मे नौकरी लगी थी ।
दिन अपनी रफ्तार से दौड़ रहे थे और आज दीवाली थी ।
दीवाली की सुबह से ही सीमा बहुत उत्साहित थी आज उसने वही लँहगा चुन्नी पहना था जो उसने शादी के वक्त पहना था ।
उसने वैभव के पसंद की ही पकवान बनाये थे,आज उसने खुशी के मारे सारा घर सर उठा रखा था ।
फोन पर उसने अपनी शादी का वालपेपर लगाया हुआ था ।
शाम के वक्त जब सीमा दीप जला रही थी तब उसके ससुर समाचार सुन रहे थे तभी उनकी नजर उस न्यूज पर पड़ी जिसमे लिखा था कि आज के आंतकवादी हमले मे पाँच जवान शहीद ,जिनमे उनके बेटे का भी नाम

था ।

ये खबर सुनते ही उनके हाथ से रिमोट छूट पड़ा और आँखो से जल धारा फूट पड़ी ।

क्योंकि सीमा भी टीवी के नजदीक थी उसने भी खबर सुनी और वो भी निढ़ाल होकर जमीन पर गिर पड़ी ।

जैसे तैसे उसने खुद को सँभाला और ससुर जी को भी ढाँढस बँधाया ।

सारे दीपक जगमगा रहे थे पर उस घर का कुलदीपक अब जल चुका था ।

चूँकि सीमा गर्भवती थी पर ये बात उसने वैभव को नही बताया थी तभी उसने उससे घर आने की बात पूछी थी तो कुछ दिन बाद उनके घर एक पुत्री ने जन्म लिया और सीमा ने उसे वैभव का नाम दिया और निश्चय किया कि उसे भी फौज मे ही भेजेगी ।

अब सीमा सारे दिन अपनी बेटी के साथ खेलती रहती हैं और वैभव की याद आ जाती हैं तो उसके भेजे एक दो मैसेज और फोन पर लगा वालपेपर देख लेती हैं ।

उनका प्रेम विवाह नही था उन्होने कभी एक दूसरे को "आई लव यू"नही बोला था ।

    कुछ प्रेम कहानियाँ "आई लव यू"के बिना भी पूरी हो जाती हैं और कुछ "आई लव यू"के बाद भी अधूरी रह जाती हैं ।

8
सरकण्डा

विवेक और उसके पापा घर से दूर किसी अन्य शहर मे किराये के मकान मे रहते थे और विवेक किसी कम्पनी मे काम करता था वहाँ ।
उसके पापा को बीपी की शिकायत थी तो चिकित्सक ने उन्हे घूमने की सलाह दी थी ।
इसी वजह से वो रोजाना शाम को पार्क मे घूमने जाते थे आज विवेक लेट आने वाला था तो पापा ने कमरे को ताला नही लगाया बल्कि ऐसे लटका दिया जैसे कि सच मे ताला लगा हुआ हैं क्योंकि ताले एक ही चाबी थी और वो विवेक के पापा के पास थी ।
विवेक लेट आने वाला पर किसी वजह से जल्दी आ गया और उसने दूर से ही देख लिया था कि ताला लगा हुआ हैं मैनेजर से किसी वाद विवाद के कारण उसका मूड थोड़ा खराब था ।
ताला लगने होने की वजह से वो गली के मोड़ पर ही पापा की प्रतिक्षा करने लगा पर उसके पापा को आने मे समय लग रहा था..
विवेक ने पापा को फोन मिलाया पर पापा ने फोन नही उठाया दरअसल वो फोन कमरे मे ही भूल गये ,विवेक जा भी सकता उन्हे बुलाने के लिए पर वो आलस कर गया ।
करीब एक घण्टे के इन्तजार के बाद पापा दिखाई दिये चूंकि विवेक गली के मोड़ पर ही खड़ा था उसको बहुत गुस्सा आ रहा था इस कारण उसने पापा मोड़ से ही सुनना शुरू कर दिया और ताने मारने लगा कि आप बूढ़े

हो गए हो और आप चाबी किसी और को देकर नही जा सकते थे इत्यादि।

पापा ने उसकी बातो को दरकिनार किया और दरवाजा की तरफ बढ़े और हल्के से ताला हटा दिया जोकि नाममात्र ही अटका हुआ था सरकण्ड़े के।

दरवाजा खोलकर विवेक ने पापा से माफी माँगी और मन ही मन सोचने लगा कि माँ बाप कभी बूढ़े नही होते हैं वो हमेशा माँ बाप ही होते हैं जो बड़े होने पर भी उतनी ही फिक्र करते हैं जितने आप छोटे होते हो तब करते हैं।

9

जिम्मेदारी

सिग्नल पर गाड़ी रूकते ही दर्जनो बच्चे कुछ न कुछ बेचते नजर आ जाते हैं कुछ भीख,कुछ खाने की चीजे,कुछ कार के शीशो पर लगने वाले शीट्स,कुछ पेन ।महिलाऐं भी साथ होती हैं उनके साथ ।

अजीत एक दफा ऐसे ही कही जा रहा था ,कैब करके तो एक बच्चा जोकि आठ दस साल का था,शीशा बन्द था कार का तो वो उसे टपटपाने लगा ,शायद कुछ बेचना चाह रहा था काफी देर तक टपटपाने के बाद मैंने कार का शीशा नीचे किया,उसके हाथ मे एक फटी पुरानी कॉपी थी पर पैन नही था ,कुछ लिखने की उम्मीद मे उसने मुझे शीशा करने को कहा था । मैंने अपना पैन उसे दे दिया और उसने कॉपी के एक पन्ने मे ये लिखा कि आगे मत जाइयेगा क्योकि आगे पुलिस तैनात है कर्फ्यू लगा हैं ।

उस बच्चे की इस बात से अजीत अवाक रह गया और विचार करने लगा कि इसे पढ़ना आता हैं तो ये पढ़ता क्यों नही । रेड लाइट ग्रीन हो चुकी थी अजीत और कैब चालक दूसरी तरफ मुड गये थे क्योंकि आगे रास्ता बन्द था जैसाकि उस बच्चे ने बताया था । अजीत ने जिज्ञासावश पीछे मुडकर देखा तो एक छोटी बच्ची उसकी गोद मे थी और वो खाने के लिए कुछ माँग रहा था ।

अजीत को सभी प्रश्नो के जवाब मिल गए थे ।

10
दिल इबादत

अपनी विश्वविद्यालय की पढ़ाई के दौरान रोजाना मिनी बस का सफर करता था ,मिनी बस मेरे गन्तव्य से एक किमी पहले मुझे उतार देती थी क्योंकि उसका स्टैण्ड मेरा गन्तव्य नही था ।
मैं वहाँ से एक किमी पैदल चलकर ही विश्वविद्यालय पहुँचता था । इस एक किमी के सफर के दरमियान् तरह तरह के नजारो से मेरा साक्षात्कार होता था ,तरह तरह के अनुभवो से मेरा वास्ता होता था । ये मेरा प्रतिदिन का काम था ।
एक दिन मैं ऐसे ही कानो मे इयरफोन लगाकर अपनी ही धुन मे दिल इबादत गाना गुनगुना रहा था और चलता ही जा रहा था । आज मेरा मन थोड़ा खिन्न था ,किसी बात पर ,बात याद नही शायद प्रोफेसरो ने कुछ कहा होगा ,हाँ यही रहा होगा ।तो मैं यूँ ही चला जा रहा था थोडा केके बनने की चाह मे गाना भी उसी अंदाज मे गा रहा था । इतने मे ही एक हाथ मुझसे टकरा गया,हाथ छोटा और मुलायम था ,एक छोटे बच्चे का हाथ जो था ,हाथ टकराते ही उस पाँच साल के बच्चे के मुख पर मुस्कुराहट आ गई था वो अपन पापा के साथ जा रहा था ,पापा ही थे क्योंकि उसने हाथ बड़ी जोर से पकड़ रखा था ,वो आगे बढ़ गया था और अपने हाथ की छूअन मेरे हाथ मे ही छोड़ गया था ।
मेरा मन जो गुस्सा था ,ठीक हो गया था वो बच्चा मुझे सीखा गया था कि जीवन को हर एक क्षण जीओ,पहले वाले पल मे मत अटके रहो ।

मेरी बस आ गई थी ,मेरे अपने घर के लिए रवाना होने के लिए खड़ा हो गया था क्योंकि बस मे भीड़ थी ।

11
बदलाव की लहर

टीवी पर लगातार बलात्कार की खबरे चल रही थी ,मनोज और कान्ता भी टीवी देख रहे थे ।

मनोज और कान्ता मे दो साल का अन्तर था मनोज 18 और कान्ता 16 साल की थी । खबरो की लगातार पुन:आवृत्ति देख उन दोनो के पापा ने कान्ता को अन्दर भेज दिया और कहा कि जा कर अपनी मम्मी का हाथ बँटाओ किचन मे और मनोज को वही बैठे रहने दिया ।

पिता शायद नही चाहते थे कि कान्ता के अवचेतन पर गलत प्रभाव पड़े और सोचा होगा कि मनोज तो समझदार हैं सब समझ जाएगा ।

पर उनकी माँ ये सब देख रही थी उससे ये सब देखा नही गया और वो बोलने लग गई कि-

"आपने कान्ता को तो अन्दर भेज दिया पर मनोज को नही समझाया कि वो लड़कियो का आदर करे ,उनकी इज्जत करे और उनसे अच्छा व्यवहार करे ।

"कान्ता के लिए चिन्ता जायज हैं पर अपने बेटो को समझाना भी जरुरी हैं कि लड़कियाँ उपभोग की वस्तुएँ नही हैं जैसे तुम्हारी बहन हैं अन्य लड़कियाँ किसी की भी बहन होगी ।"

इस तरह की बाते अपनी मम्मी के मुख से सुनकर कान्ता को भी अच्छा लगा और उसने भी आगे सोच लिया कि आगे से वो भी अपनी बात रखेगी ,वो कमजोर नही हैं ।

इस तरह की बाते सुनकर पिता ने हामी भरी और कहा कि आगे से वो दोनो को समान पायदाम पर रखेंगें।

12
इतवार की शाम

सोमवार से लेकर शनिवार तक अमर ऑफिस के कामो मे व्यस्त रहता था उसके परिवार मे सब उसकी इसी बात पर परेशान रहते थे कि वो परिवार के लिए समय नही निकालता था ।

आज बमुश्किल इतवार के दिन उसे कुछ वक्त मिला था जिस वजह वो अपने भतीजे के साथ खेल रहा था और हँस मुस्कुरा रहा था उसे लग रहा था कि उसने ऑफिस मे बहुत कुछ खो दिया था आज उसे घर पर रहना पसंद आ रहा था । खेलते खेलते भतीजे के हाथ मे चोट लग गई जिस वजह से वो रोने लग गया था वो रोए जा रहा था उसे सूझ नही रहा था कि वो उसे कैसे मनाऐं ,बच्चे के रोने का अनुभव उसके साथ पहली बार हो रहा था इसलिए उसे ज्यादा कुछ यत्न नही पता थे ।

इतने मे ही अमर की भाभी मतलब बच्चे की मम्मी आ गई उसने बच्चे को गोद मे उठाया और झूठ मूठ से ही अमर को डाँटा और अमर को इशारा किया कि वो रोने का नाटक करे और अमर ने ऐसा ही किया । इस प्रयास से बच्चा खुश हो गया और फिर से खेलने लग गया ।

उस इतवार की शाम अमर ने ये जाना कि काम के बोझ तले हम अपने अन्दर के बचपने को मार रहे हैं जिम्मेदारी निभाते निभाते हम खुद को और आस पास के व्यक्तियो को भूल रहे हैं जोकि हमारे अभिन्न अंग हैं ।

काम भी जरुरी हैं पर परिवार को वक्त देना भी जरुरी है नही तो आप

मशीन बन जाओगे।
सभी कार्य आवश्यक है पर सबसे ज्यादा आवश्यक हैं परिवार के साथ बैठना।

13
छलकते नैन भी खूबसूरत होते हैं ।

योगिता का आज परीक्षा परिणाम आने वाला थी उसने मेडिकल का एक्जाम दिया था डाक्टर बनने बाबत ।
दो दिन से वो इस बात से उत्साहित थी और साथ ही साथ घबराहट भी महसूस कर रही थी ।
खैर शाम के चार बजे गए थे योगिता की नजर परीक्षा परिणाम वाली वेबसाईट पर थी,दिल की धड़कने तेज थी ।जैसे तैसे उसने अपना रोल नम्बर डाला और देखने लगी ,एक मिनट की प्रतीक्षा के बाद उसका रिजल्ट उसके सामने था ।
वो मेडिकल का प्रवेश परीक्षा मे दो नंबर से रह गए थे । उसने पूरी साल मेहनत की थी ,दिन रात एक कर दिए थे इस परीक्षा की खातिर । खाना पीना,दोस्तो से मिलना ,टीवी सब कुछ त्याग दिया था । फिर भी इस तरह का परिणाम देखकर वो हताश निराश हो गई थी और बरबस ही उसके नैन आँसूओ से भर गए थे ।
अब वो क्या मुँह दिखाएगी अपने दोस्तो को और मम्मी पापा को क्या जवाब देगी ,इस तरह के विचार उसके दिमाग मे चल रहे थे ।
इतने मे ही खबर आई कि इस परीक्षा मे कुछ गडबडी हुई तो परीक्षा दोबारा आयोजित की जाएगी । योगिता ने चैन की साँस ली ।

योगिता के नैन अब भी भरे थे पर वो खुश लग रही थी और खूबसूरत भी ।

14
जीवन यापन

अतिक्रमण हटाने क्रम मे श्याम लाल का भी ठेला हट रहा था ,श्याम लाल रोजी रोटी कमाने के लिए सब्जी का ठेला लगाता था । बमुश्किल से दो वक्त की रोटी का जुगाड़ हो पाता था ।

सरकार की नई स्कीम के तहत सड़क को चौडी करना था इस वजह से सड़क के दोनो तरफ के ठेलाकर्मियो के ठेलो को हटाए जा रहा था । सब लोग इस चिन्ता से व्यथित थे कि आज उनके घर का चूल्हा कैसे जलेगा और बच्चो को खाना कैसे मिलेगा ।

श्याम लाल को भी यही चिन्ता रही थी इसी सिलसिले मे उसकी आँखे भींग गई उसको रोना आ गया । उसके पास जीवन यापन का बस यही एकमात्र साधन था । सभी ठेलाकर्मी गुहार लगा रहे थे कि जब तक कही दूसरी जगह ठेला लगाने की जगह नही मिलती तब तक उन्हे यहाँ ठेला लगाने दिया जाए ।

रोते बिलखते देख सरकार के एक बड़े अफसर को उन पर जरा सी दया आ गई ,पता नही कैसे । अच्छे लोग आज भी दुनिया मे मौजूद हैं ।

उस बड़े अफसर ने कहा कि कल तक का वक्त हैं तुम लोगो के पास । इतना कहते ही वहाँ पर खड़े सभी लोगो की बाँछे खिल गई ।

इस तरह श्याम लाल का एक दिन और जीवन यापन मे कट गया मतलब एक दिन की मोहलत मिल गई उसे कही और से गुजारा करने की ।

15
आँखो से बह जाना

माटी का घरोंदा बनाते बनाते सोमू थक गया था तो वो दो पल सुस्ताने के लिए वही पास मे ही लेट गया ,इतने मे एक जोर की हवा ने उसकी घर को तहस नहस कर दिया उसका घर माटी माटी हो चुका था ,माटी तो पहले भी था पर उसने बडे जतन से उसे घर का स्वरूप दिया था ।सोमू छोटा बच्चा ही था उमर भी बचपने की थी तो वो जोर जोर से रोने लग गया । नासमझ था ,उसका घर टूट चुका हैं जोकि असलियत मे हैं वो टूट चुका होगा ये सोचकर वो बहुत जोर जोर से रो रहा था । भीड़ एकत्रित हो गई ।

एक सज्जन जोकि उसे काफी देर से घरोंदा बनाते हुए देख रहे थे उसने दोबारा से सोमू की माटी का घर बनाने मे मदद की ।सोमू आँखो मे आँसू लिए एक बार फिर से घर बना रहा था,घर के टूटने से आए हुए आँसूओ की जगह नए घर के बनने की उम्मीद ने ले लेली थी ।

गम के आँसू शायद बह रहे थे और खुशी के उम्मीद आँखो मे जगमगा रही थी ।

16
एक पन्ना खुशी का

दिन रात सुबह शाम गिनते गिनते दिवाकर की आयु २८ हो चली थी पर उसकी जिन्दगी मे खुशी के पल कम ही आए थे ।समय से पहले वो बड़ा हो गया था और घर परिवार की जिम्मेदारी उठाने लग गया था ,१४ साल की आयु मे ही उसके सिर से पिता का साया जा चुका था ,उसकी बहन थी वो भी दो साल पहले एक दुर्घटना मे अपनी जान गँवा चुकी थी ।

घर मे सिर्फ दो ही थे वो । एक उसकी माँ और स्वयं ।परन्तु कभी वो अपनी उदासी माँ के सामने नही लाता था और न ही उसकी माँ। दोनो ने उदासियो को मुस्कुराहटो मे तब्दील कर लिया था ।

दिवाकर एक कंपनी मे सुपरवाईजर था ,तनख्वाह मे दोनो का गुजारा हो जाता था ।

दिवाकर की शादी का रिश्ता आया था ,उसकी माँ ने उसके लिए एक लड़की देखी थी ।

दोनो पक्षो को रिश्ता पसंद आ गया था ।

आज शादी का दिन था और दोनो वास्तव मे खुश थे ,उदासियाँ छटने वाली थी और दिवाकर की जिन्दगी मे एक पन्ना खुशी का जुड़ने वाला था ।

17

तलाश

कभी कभी खुद को इतनी दूर ले जाना पड़ता हैं कि जमाने और अपनो की तलाश से ज्यादा खुद की तलाश ज्यादा आवश्यक हो जाती हैं ।
जहाँ रिश्ते सिर्फ मतलब के लिए निभाए जा रहे हैं वहाँ ऐसी खोज जरूरी भी हो जाती हैं ।

ऐसी ही एक तलाश मे मैं आज से पाँच साल पहले खुद को घर से दूर ले आया था ,बहाना था पढ़ाई का पर पढ़ाई का इतना बोझ नही था जितना खुद की यात्रा का राहगीर बनने का था ।
मैं इससे पहले भी घर से दूर गया था पर उस समय अबोध था बच्चा था,बच्चा तो आज भी हूँ पर लोगो के साथ रहकर ये सीख लिया कि अपने से बेहतर कोई भी साथी या दिलबर नही होता ।
खैर इस पड़ाव को पार कर मैं उच्च शिक्षा के लिए दूर आया था जैसाकि मैने पहले बताया हैं ।
घर से दूर होने की वजह मन कही नही लग रहा था और घर का खालीपन काटने को दौड़ता था। धीरे धीरे खुद को इसके अभ्यस्त करना था ।
कुछ दिनो के बाद सब मुझे जानने लग गए थे ,चायवाला,सब्जीवाला,किरानेवाला,चाट वाला सब मेरे दोस्त तो नही पर दो पल के साथी बन गए थे । लगा ये पराए कितने अपने हैं जो अपनो को भी पराए कर रहे थे ।
वक्त बीतता गया धीरे धीरे इनसे मेल मिलाप भी कम हो गया पता नही

क्यों । एक बदलाव महसूस किया मैंने खुद मे ,लेकिन मैं बदलना तो नही चाहता था खुद को ।

अब मैं लोगो से दूरियाँ बनाने लगा था ,खुद के करीब जानने लगा था ,स्वभाव को थोड़ा परिपक्व करना चाह रहा था ।

क्या मुझे बदल जाना चाहिए ,नही ! मेरे अन्दर से आवाज आई । लेकिन 'क्यो',ये मेरे दिमाग ने कहा और इसका मेरे पास कोई जवाब नही था ।

बदलती दुनिया मुझमे बदलाव चाहती थी और मैं खुद को तलाशना चाहता था,दूसरे शब्दो मे खुद को दुनिया के अनुरुप ढ़ालना चाहता था ।

18
दूरियों मे भी नजदीकियाँ

शॉपिंग माल मे ऐसे ही तफरी मारते हुए जतिन की मुलाकात फिर से वंशिका से हुई ।
वंशिका और जतिन दोनो एक ही कॉलेज मे ही पढ़ते थे ,दोनो का प्यार वहाँ ही पनपा और शादी की दहलीज तक पहुँचा पर शादी मे तब्दील नही हो पाया ।
तीन साल तक साथ रहने के बाद भी इनका रिश्ता परवान नही चढ़ सका और टूट गया ।
टूटने की वजह जायज थी ,वंशिका का कहना था कि वो कभी भी अपने माता पिता का दिल दुखाकर उसके साथ नही करेंगी । जतिन ने भी उसके इस फैसले का सम्मान किया ,इतनी जल्दी दूर जाने मुश्किल था लेकिन धीरे धीरे दोनो ने सँभाला खुद को और दोनो ने बात करना बंद कर दिया । अब दोनो अलग अलग थे ,दोनो मे से कोई भी बेवफा नही था ।
मॉल मे वंशिका किसी लड़के के साथ थी ।
जतिन ने नॉरमल हाय हैलो किया ।वंशिका ने उस लड़के से जतिन का परिचय कराया वो उसका मंगेतर था । घरवालो की पसंद से वो उसका जीवन साथी बन रहा था ।

एक दो मिनट की बातचीत के बाद जतिन और वंशिका अलग अलग हो गए । वंशिका शादी की शॉपिंग के लिए मॉल के अन्दर और जतिन मॉल से बाहर जा चुका था और वंशिका की जिन्दगी से भी दूर ।

दूरियाँ यकीनन् रहेगी दोनो के मध्य पर प्यार दिलो मे तो हमेशा रहेगा । प्यार मे साथ रहना मायने नही रखता । दिलो मे प्यार रहना जरूरी हैं । वो तो था ही ।

दूरियाँ फासलो की थी ,नजदीकियाँ दिलो की ।

19

बचपना

इन्सान भी बहुत अजीब जीव हैं जो होना चाहता हैं वो हो नही पाता और जो हो जाता है उसका कभी सोचा नही होता हैं ।
बचपने की ही बात कर लो ,हम बचपन मे ये सोचते हैं कि काश हम बड़े होते तो हमे होमवर्क नही करना पड़ता,किसी बात की कोई रोक टोक नही होती,आराम से उठना ,स्कूल भी जाना नही पड़ता इत्यादि छोटी छोटी बाते जो हम सोचते हैं । पर जब हम बड़े हो जाते हैं तो सारी समझदारी छोड़कर ये ही चाहते हैं कि काश हम कभी बड़े ही नही होते । समझदार और परिपक्व बनने की चाह मे हम अपना बचपना ही भूल जाते हैं जोकि एक कोने मे हमे जगाता रहता हैं कहता हैं कि मैं अभी जिन्दा हूँ मेरे साथ खेलो,कूदो,मुस्कुराओ वो सब करो जो तुम छोटे बच्चे को देखकर मन ही मन मे ख्याल बुनते रहते हो ।ये बचपना तुम्हे तुम्हारी आयु मे इजाफा करेगा ,हँसी का आयतन और क्षेत्रफल बढ़ायेगा । बिना जमाने की परवाह करते हुए जीना शुरु कीजिए ,अपने बचपने को जिन्दा रखिए ।

20

मौसम

मौसम सर्दियो का चल रहा था ,चारो तरफ ठण्डी हवाएँ चल रही थी । कडाके की ठण्ड की वजह से लोगो का घर से निकलना मुश्किल था । सभी जीव जानवर अलाव की तलाश मे इधर उधर भटक रहे थे ,सभी को गर्माहट की जरूरत थी ।

रात के दो बच्चे नीरज रेल से उतरा । प्लेटफार्म पर सन्नाटा पसरा था और ऊपर से ठण्डी पवन चल रही थी । नीरज घर से दूर जॉब करता था आज तीन महीने के बाद वो अपने घर आया था ।

शहर से उसका गाँव दस किमी थी अब रात के दो बजे उसके गाँव के लिए कोई साधन नही था और इतनी रात को किसी को बुलाना भी उसे ठीक नही लगा सो उसने किसी को प्लेटफार्म पर नही बुलाया ।

उसमे रेल्वे स्टेशन पर कही दुबकने की जगह खोजी क्योंकि बाहर सर्दी बहुत थी अगर वो बाहर ही रहा तो उसकी कुल्फी जम जाती और वो बीमार भी हो सकता था ।

खैर कुछ देर की खोजबीन के बाद उसे प्रतीक्षालय दिखा उसने वहाँ जाकर शरण ली ।वेटिंग रूम पूरा भरा हुआ था ,लगभग सभी लोग सो रहे थे ,कुछ किताबे और कुछ फोन मे बिजी थे । नीरज ने इधर उधर नजर दौडाई तो कोने मे थोडी सी जगह दिखी और वो वहाँ जाकर बैठ गया ,अपना कम्बल निकाल लिया और खुद को ढँक लिया । उससे कुछ दूरी पर एक लड़की कानो मे इयरफोन लगाए बैठी थी ,उसे भी नींद नही

आ रही थी और नीरज को भी ।दोनो ने एक दूसरे को देखा । नीरज ने तुरन्त अपना फोन उठाया और टिन्डर पर अपनी लोकेशन डाली । वहाँ उसने उस लड़की पर लाईक बटन टैप किया ,एक पल के बाद के बाद उस लड़की ने भी यही क्रम दोहराया । दोनो की बाते शुरू हो गई ,लड़की को कही जाना था उसकी साढ़े चार बजे की ट्रेन थी ।बातो बातो मे थोडी बहुत दोस्ती दे दी तो उसने अपनी फेसबुक आईडी दे दे ।लड़की का नाम कोमल था । उसने दोस्ती की रिक्वेस्ट भेज दी । कोमल ने रिक्वेस्ट स्वीकार कर ली ।

नीरज उसके पास जाकर बात करना चाहता था पर कोमल की ट्रेन आ गई थी ,उसके जाने का वक्त हो गया था । उसने बाय का मैसेज नीरज के पास भेज दिया ,उसकी ट्रेन आने ❖

21
गायक

चार थालियाँ लग चुकी थी ,सभी खाने की कतार मे बैठ चुके थे । एक निम्न मध्यमवर्गीय परिवार मे खाना कुछ ऐसे ही खाया जाता था।
सुभाष के परिवार मे पाँच जने थे पर थालियाँ चार थी ,घर की अन्नपूर्णा खाना बना रही थी वो सब को खाना परोस रही थी ।
सुभाष ने बात करना शुरु किया वो नितिन को कैरियर के बारे मे पूछ रहा था ,नितिन तीन भाईयो मे सबसे छोटा था ।
"तूने पढ़ाई तो पूरी कर ली अब आगे क्या करने का विचार हैं ।"
किसी प्रतियोगी परीक्षा की तैयारी कर रहा हैं या सारा दिन फेसबुक,यूट्यूब,इन्स्टा के ही लगा रहता हैं ।"
"मुझे गायक बनना हैं पापा"
नितिन ने कहा ।
ये सब सुनकर सुभाष ने अनमने से कहा कि ये कैसा प्रोफेशन हैं इसमे कोई जॉब गारण्टी तो हैं ही नही ,लगे रहो ,भाग्य सही रहा तो चांस हैं वरना चक्कर काटते रहो पूरी उमर ।
मैं चक्कर काटने और संघर्ष के लिए पूरी तरह से तैयार हूँ मेरा किसी और मे मन नही लगता ।
नितिन ने अपनी बात रखी ।
एक निम्न मध्यमवर्गीय परिवार मे ऐसा कैरियर विकल्प नया नया था । इसलिए सुभाष रोक टोक कर रहा था ,उसका अनुभव बोल रहा था कि

इसमे बहुत संघर्ष करना पड़ेगा ।
क्या वो संघर्ष कर पाएगा ?
क्या ये उसका सिर्फ शौक हैं और क्या ये एक चाव मात्र हैं ।
पर नितिन की आशावादी बाते सुनकर सुभाष कुछ हद तक सहमत हो गया ।
और उसने नितिन को अपना सपना पूरा करने की इजाजत दे दी पर साथ ही साथ हिदायत भी दी कि पढ़ाई पर ध्यान दे जोकि प्रतियोगी परीक्षा के लिए परम आवश्यक हैं ।
सबने खाना खत्म किया और अन्य काम करने चले गए ।
नितिन की मम्मी ने खाना ,खाना आरंभ किया ।

22
मात पिता से बढ़कर कोई नही

"जीत दूध पीया कर ,
हाथ पैरो मे दर्द रहता हैं न तेरे,
कैल्सियम की कमी हैं ।"
मम्मी को पता नही कि कैल्सियम क्या होता हैं पर 'जीत' की सेहत का ख्याल हैं ।
खुद बीमार होते हुए भी मेरे जाने पर खाना बना देना ।
सर्दी ,गर्मी कितनी भी क्यों न हो जल्दी उठकर मुझे भी उठाती हैं कहती हैं कि उठ जा जाना नही हैं क्या ।
चाय मेरे बिस्तर पर ला कर कहती हैं चाय पी ले आठ बज गए हैं ।
कभी कभी गुस्सा होने पर मैं कुछ बोल दूँ तो नाराज हो जाती हैं और मेरे तुरन्त सॉरी बोलते ही मान भी जाती हैं ।
ऐसी कितनी ही बाते हैं पर लिखने बैठूँ तो भूल जाता हूँ ।
पर वो मेरा कभी ख्याल रखना नही छोड़ती भले ही मैं बड़ा क्यो न हो गया हूँ ।
मम्मी के लिए बच्चा ही हूँ और मैं बड़ा भी नही होना चाहता ।
    "जीत ! ये ले पैसे ज्यूस वगैरह पी लिया कर ,देख कितना दुबला पतला हो गया हैं ।

मेरे कुछ रूपये माँगने पर बहुत ज्यादा दे देते हैं कहते हैं रख ले,काम आयेंगे ।

मेरी हर नाकामयाबी पर मुझे समझाते हैं और कहते हैं कोई बात नही आगे अच्छा होगा ।

हर कामयाबी पर तारीफ करने से भी नही चूकते हैं ।

सदा आशीष का हाथ मेरे सर पर रखते हैं पापा ।

प्यार की परिभाषा बहुत बहुत से लोगो ने दी हैं पर माँ बाप से बढ़कर आपसे कोई भी प्यार नही करता ,वो कभी आई लव यू कहते है पर करते अथाह हैं । प्रेम का मतलब ही माँ बाप हैं निःस्वार्थ ,बिल्कुल सरल प्यार सिर्फ मात पिता करते हैं ।

मैं कभी स्वर्ग और नर्क जैसी बातो पर विश्वास नही करता पर जो जहाँ मात पिता होंगे वो जगह स्वर्ग से भी सुन्दर होगी ।

23

गोधूलि की बेला

चल लौट आजा यार फिर से बाते करते हैं फिर से अजनबी होकर एक दूसरे का असली नाम पूछते हैं और हँस कर तुम कहना कि -

"तुम्हे मेरा प्रोफाइल पर नही दिख रहा क्या,अनपढ़ हो क्या । मेरा नाम वही हैं जो तुमने प्रोफाइल पर पढ़ा होगा ।"

फिर मेरा कहना कि हो सकता कि

"तुमने लोगो से छुपाने के लिए नाम बदल दिया हो ।"

ये सब कहना 'कहना'नही था बल्कि लिखना था क्योंकि उस वक्त तक कहाँ अपन वाञयल कॉल करते थे ।

फिर एक दिन तेरा कॉल आ जाना मेरे फोन पर और दूसरी तरफ से तेरा बोलना कि मैं वो ही हूँ जिससे तुम मैसेज पर बाते करते हो ,तुम्हे ऐसा नही लगे कि मैं फेक हूँ ।

ये सब दोबारा करते है न ,मैंने नम्बर बदल लिए हैं ।

चल शुरु से शुरु करते हैं न वही सब बाते,मुझसे अब वो बाते लिखी नही जाती,मैं बहुत लिखता था पहले,पर अब नही ।

एक बार तुमने ही तो कहा था कि तुम लिखते बहुत हो कम लिखा करो ,मैने तुम्हारी बात मान ली ।मैं हर बार तुम्हारी बात मान जाता था पर तुम नही ।

अब मिलोगे तो तुमसे बहुत कुछ कहना बाकी हैं जैसे-

"तुम खुले बालो मे पसंद हो मुझे"

"तुम कभी जीन्स टी शर्ट छोड़कर सूट सलवार पहनो न । तुम पर अच्छा लगेगा ।"

"तुम लम्बी बाते किया करो ,एक दो मिनट की बातचीत के बाद फोन मत काटो करो"

"तुम कभी सलवार के पोमचे को एक हाथ से ऊपर कर ,बारिश के मौसम मे ,बहते पानी मे ,ऐसे कूदते हुए तस्वीर खिंचवा कर फोटो भेजो न ।

"तुम अपनी देशी भाषा मे ही बातचीत किया करो ।"

और हाँ !

"ऐसे ही मुस्कुराया करो हमेशा ।

एक मुलाकात पर आ जाओ किसी रोज ,हमने कभी आमने सामने एक दूसरे को नही देखा ।

तुमसे ये बाते इस बार कहनी हैं लिखना नही चाहता अब मैं ये सब ।

आ जाना एक दिन जैसे गोधूलि पर गाये आती हैं अपने घर,धूल उठाते हुए । वो आ जाती हैं और फिर चली जाती हैं ।

पर तुम आ ही जाना और अगर मन करे तो फिर से चले भी जाना,मैं तुम्हे मना नही करूँगा ।

24

अलगाव

विवाह के पन्द्रह साल के बाद माधवी और युग अलग हो रहे थे ,उनके आठ की एक लड़की और पाँच साल का लड़का था।
अलग थलग होने का कारण शादी के इतने साल के बाद भी एक दूसरे पर शक करना था।
एक दूसरे का शकी नेचर, बच्चो के मन पर बुरा प्रभाव ड़ाल रहा था।
अन्त मे आकर दोनो ने अलग होना ही उचित समझा।
पर दिक्कत ये थी कि बच्चे किसी के साथ रहेंगे। बच्चे तो दोनो के साथ रहना चाहते थे।
तलाक के समय ही फैसला लेना था कि दोनो लड़के लड़कियाँ किसके साथ रहेंगे?
माधवी और युग भी दोनो को अपने पास ही रखना चाहते थे पर शर्त ये थी दोनो किसी एक के पास ही रहेंगे ,या तो माधवी,या फिर युग।
कानून मे तो ऐसा कोई प्रावधान नही था पर जज इस मसले को कचहरी के बाहर ही निपटाना चाहते थे सो उन्होने ये पैतरा इख्तियार किया।
इस तरह के शर्त सुन कर युग और माधवी का दिल पसीज गया। अन्ततः उन्होने तलाक के फैसले का त्याग कर दिया और शक कम करने की कोशिश का समर्थन कर एक हो गए।
बच्चो के लगाव ने दोनो के मध्य के अलगाव को दूर कर दिया था।

25

कियायेदार

कोचिंग करते करते मनीष को काफी टाईम हो गया था वो पिछले तीन साल से एक ही घर मे किरायेदार की हैसियत से रह रहा था । इस वजह से उसका घर वालो से अजीब सा लगाव और मेल मिलाप हो गया था ,मनीष के माता पिता भी उसके मकान मालिक को अच्छी तरह से जानने पहचानने लग गए थे । ऐसा समझ लीजिए कि मनीष उस घर का किरायेदार नही परन्तु घर का सदस्य हो गया था ।
पर इस बार उसे घर खाली करना पड़ेगा क्योकि घर मे शादी थी और घर तीन कमरो का था जिसमे से एक कमरा मनीष ने ले रखा था । घर की माली हालत ठीक होने की वजह से एक कमरे को किराये पर दे रखा था । खाली करना तो जरूरी था क्योंकि मेहमान कहाँ ठहरेंगे और मकान के मालिक इतने भी अमीर नही थे कि उन्हे होटल मे ठहरा दे ।
बडे भारी मन से मनीष ने घर खाली करने का निश्चय किया,यही हाल घर के अन्य सदस्यो का था वो भी मनीष को जाने देना नही चाहते थे । लेकिन खुशी इस बात की थी कि कुछ ही दूरी पर उसे नया कमरा मिल गया था । इस कारण जाने का दु:ख थोड़ा कम था ।
व्यवहार अच्छा हो तो एक किरायेदार भी घर का सदस्य बन जाता हैं ।

26
रेल यात्रा

दुनिया मे आजकल मतलब का दौर चल रहा हैं हर जगह हर व्यक्ति मतलब के लिए ही जाना पसंद करता हैं ।

दौर डिजिटल हो गया हैं फोन स्मार्ट हो गया हैं और आदमी बस फोन । आमने सामने बैठकर किसी को भी बात करना नही आता । मशीनी युग मे सब कुछ मशीनी हो गया हैं चलना,हँसना,मुस्कुराना सब दिखाने के लिए हैं अन्दर से लोग खोखले और खाली हो गए है इसलिए सोशल साईट्स जोकि आभासी दुनिया उसमे दोस्त बनाने मे लगे हैं जबकि आस पास मे उनके कोई दोस्त नही हैं ।

मशीनी और मतलब के इस जमाने मे जहाँ मानवीय संवेदनाऐं मृत होने के कगार पर वहाँ मुझे मानवीय भावनाओ से सराबोर होने का अवसर मिला ।

मैं पहली बार ट्रेन मे बैठा था,मेरा पहला अनुभव था रेल यात्रा का ,ये सुअवसर पापा के वजह से प्राप्त हुआ । हमने ३ एसी की टिकिट ली थी ,मेरी और पापा के बर्थ अलग अलग थी । मेरे नीचे वाला बर्थ एक आदमी जिसकी उमर पचास से ऊपर होगी ,उसकी थी ।

शाम की ट्रेन थी तो रात आठ नौ बजे तक तो मैं और वो अंकल जी बाते करते रहे । हमारे बीच संतुलित बातचीत हुई ,हर एक मुद्दे पर । इससे हम दोनो के मध्य थोड़ा सा स्नेह हो गया । उन्होने कहा कि तुम मेरे बेटे जैसे हो पर इतनी बाते तो मैं अपने बेटे से भी नही करता । वो दोपहर दो

बजे तक तो कॉलेज मे रहता हैं उसके बाद फोन मे लगा रहता हैं । उसके पास मुझसे बात करने का वक्त ही नही होता ।

मुझे उनकी बाते सुनना ठीक लग रहा था । एक तरह से मैं भी अपना ज्यादातर वक्त फोन मे ही बितता हूँ पर अंकल जी से बाते करते वक्त मैने एक बार भी फोन इस्तेमाल नही किया । मैने मन बना लिया कि आगे से अपना थोडा सा वक्त माँ बाप भाई बहन सबको दूँगा ।

अंकलजी थक गए थे तो उन्होने आराम करने के लिए कहा । मैं भी अपनी बर्थ पर आ गया और वो खुद की ।

सुबह चार बजे ,उन्होने मुझे जगाया और कहा कि मेरा स्टेशन आ गया ,मैं चलता हूँ और मेरे फोन नम्बर ले लिए । हमारा स्टेशन अगला था ।

27
मन का मैला

तमाम तरह के सौंदर्य उत्पाद इस्तेमाल करने के बाद भी नेहा के चेहरे का रंग बदल नही रहा था । उसका रंग परिवार मे सबसे अलग था,मतलब वो औरो से थोड़ा साँवली थी । इसी वजह से घर वाले उसे ताना मारते थे,भिन्न भिन्न उपाय सुझाते कि ये कर ले ,वो कर ले,ये लगा ले,बेसन,हल्दी लगा ले । सभी तरह के प्रयोजनो के बाद भी उसकी त्वचा का रंग बदल नही रहा था । शादी के रिश्तो मे भी अड़चने आ रही थी ।हर कोई उसके त्वचा के रंग के कारण उसे अस्वीकार कर देते थे ।

हजार यत्नो के बाद भी जब रंग नही बदला तो घर वालो ने भी उम्मीद छोड़ दी और खुद नेहा ने भी ।

नेहा चूंकि पढ़ने मे होशियार थी तो उसने सारा ध्यान पढ़ाई मे ही लगा दिया और अच्छे अंको से पास हो गई । चार महीने की कोंचिग के बाद उसका चयन लोक सेवा आयोग मे हो गया ।

अब उसके घर रिश्ते ही रिश्ते आ रहे थे,घर वाले भी उसकी इज्जत करने लगे थे ।

वो सोचने लगी कि मेरा तो तन ही मैला था ,लोगो का तो मन ही मैला हैं ।

www.ingramcontent.com/pod-product-compliance
Lightning Source LLC
LaVergne TN
LVHW042002060526
838200LV00041B/1841